Meiers Hinnerk

Wilhelm Busch

Grad ausgestreckt in der Ebene und Hof an Hof lag das alte friedliche Dorf, die Häuser mit Stroh gedeckt. Und jedes Haus hatte rückwärts sein Gärtchen und hinter jedem Gärtchen sein Ackerfeld, und durch jedes Feld ging ein Grasweg, ein breiter, nach der heckenumgrenzten Wiese, und hinter sämtlichen Wiesen stand der hohe schattige Wald.

Es war ein heiterer Tag zu Anfang des Herbstes, wenn durch die Luft schon die silbernen Mettken schweben. Aus allen Gehöften, wie nachmittags gewöhnlich, kamen die kleinen Hirten und Hirtinnen mit ihren Kühen.

Auch Meiers Hinnerk hatte zwei, eine schwarze und eine braune, am Strick, um sie, zunächst den Grasweg beweidend, allmählich der Wiese entgegenzuführen. Zwölf Jahre war er alt, flachshaarig und wohlgenährt. Längst war ihm die verblaßte leinene Hose zu eng und zu kurz geworden. Hinten drauf, einander gegenüber, gleich einer blauen Brille, saßen sogar schon, zu seinem Verdruß, zwei zirkelrunde dunklere Flicken; ein Werk der nehrigen Mutter, die immer behaupten wollte, in alten Hosen sähen Jungens am strammsten und gesundesten aus.

Gelehrsamkeit war Hinnerk sein Fall nicht. Dennoch, während die beschränkten Tiere am Boden ihr Futter suchten, zog er sofort seinen Katechismus aus der zugeknöpften Jacke hervor. Mit helltönender Stimme, in steter Wiederholung, prägte er die Aufgabe für den folgenden Schultag in den widerspenstigen Schädel. Seine Kollegen im Felde, weithin vernehmlich, übten dieselbe Lektion. Sie wußten warum. Küster Bokelmann, der Meister der Schule, besaß einen kniffigen Rohrstock, der die schlummernden Seelenkräfte, selbst im voraus, vorzüglich zu ermuntern verstand.

Nachdem das dringende Geschäft der Bildung des Geistes somit glücklich erledigt war, widmete sich unser Hinnerk einer mehr freien gemütvollen Tätigkeit.

Auf dem Rücken der schwarzen Muhkuh, an geeigneter Stelle, begann er Haare zu zupfen und bildete so auf der entblößten Haut ein großes lateinisches L. Hierbei, sinnig vertieft, sang er leise den Namen Lina vor sich hin, indem er auf dem i besonders lange quinquillierend verweilte.

Mittlerweile hatte er die Wiese erreicht, schloß das Tor, nahm den Kühen den Strick ab und ließ sie grasen nach Belieben.

Wo ein Kuhjunge hütet, muß natürlich ein Feuer sein. An sich schon dem Auge ergötzlich, bei kühlem Wetter auch willkommen der Wärme wegen, ist es geradezu unentbehrlich für das Braten der Kartoffeln.

Demnach vor allen Dingen sammelte Hinnerk feine Spricker und brach dünne Knüppel aus der Hecke. Da es zur Zeit noch keine Reibhölzchen gab, mußte er erst emsig pinken, bis an den Zunder der richtige Funken sprang. Einen Topp Hede hatte er mitgebracht. In ihn ward der glimmende Schwamm gehüllt, durch Weifen und Pusten die Flamme entfacht, zunächst dünnes, dann dickes Holz regelrecht drüber geschichtet, und hochauf loderte bald ein erfreulicher Scheiterhaufen.

Beiseit, schon früher aus Zweigen und Plaggen erbaut, stand Hinnerks zwar enge, doch trauliche Hütte. Aus dieser entnahm er das von ihm selber geflochtene Weidenkörbchen, begab sich ins Feld hinaus und kehrte zurück mit zwei Dutzend der dicksten Kartoffeln und fünf jungen Mäusen, die er beizu im Neste erwischt und getötet hatte. »Dat sind fief fette Happen vär use Kättkens terhus«, dachte er schmunzelnd.

Noch waren zum Einlegen der rötlichen Knollen nicht Kohlen genug reif. Infolgedessen kriegte Hinnerk sein Messer heraus, ein wertvolles Werkzeug, für drei Mariengroschen hat's ihm der gute Vater gekauft auf dem Markt in der Stadt. Das kleine Öhr am Heft, um's mit einer Schnur an der Hosentasche zu befestigen, war übrigens eine Sicherheitsvorrichtung, die Hinnerk verschmähte. Er flötete, prüfte am Daumen die Schneide, fällte eine stattliche Doldenpflanze und verfertigte aus ihren hohlen Stengeln ein niedliches Schmökepfeifchen; denn sich täglich ein wenig im Rauchen zu üben, hielt er für nötig, und was den Tabak betrifft, so schien ihm recht trockenes Haselnußlaub für den Anfang nicht übel.

Sein gestopftes Pfeifchen zu entzünden, näherte sich Hinnerk der Feuerstätte.

»Hutt bäh!« rief eine Mädchenstimme, und Nachbars Gretliesche, ein munteres hübsches rothaariges Kind von elf Jahren, kroch durch ein Loch in der Hecke.

»Wat wutt du denn hier?« fragte Hinnerk sehr kühl.

»Helpen!« erwiderte sie kurz und keck. Ohne weiteres legte sie die Kartoffeln ins Feuer, hielt dem Hinnerk einen glühenden Span auf die Pfeife, setzte sich aufs Rasenbänkchen in der Hütte und lud ihn ein, zu ihren Füßen sich niederzulassen, wozu er sich nach einigem Zögern auch wirklich entschloß.

Liebkosend nahm sie ihn beim Kopf und unterzog denselben alsbald einer genauen Besichtigung.

»Eck finne jo nix!« rief sie enttäuscht.

»Dat löw eck woll«, meinte er, »hat gistern use Grotmeuhme all'e knicket.«

Aber Gretliesche, ganz leise leise, krabbelte weiter im Haar. Ein wonniges Rieseln lief ihm den Rücken hinunter. Die Pfeife entsank seiner Hand, die Augen schlossen sich halb. In solch einem dämmerigen Zustand sagt der Mensch manches, was er sonst wohl verschwiegen hätte.

»Segg eis, Hinnerk«, fragte sie behutsam, »haste denn ok all 'ne Brut?«

»Swarte Haare hat se und glinstertswarte Ogen un« – er stockte.

»Oh, nu weet eck et all!« rief Gretliesche, »Kösters Lina is et, de is jo tein Jahre öller ans du.«

»Dat deit nix«, sagte er, »und wenn se ok dusend Jahr öller is.«

»Ja«, meinte Gretliesche dagegen, »wenn man Verwalter Klütke mit sinen langen Snurrbart nich wöre.

»Den Kerl sla eck dot!« rief er heftig.

»Und denn komet se her un hänget di upp!« entgegnete sie.

»Erst hebben!« lachte er. »De längeste Mettwost hal eck un lope weg und vestäke mi baben in der Schüne int Hei.«

»Oh, wat'n Nare!« Mit diesen Worten gab ihm die Gretliesche einen verächtlichen Schubbs und sprang aus der Hütte.

»Kiek na den Kartuffeln!« rief Hinnerk ihr nach.

»Do et sülbenst!« Und weg war sie durch die Hecke.

Er versuchte auszuspucken. Es ging aber nicht recht.

»Van den Smöken werd'n ok so dröge in'n Halse«, murmelte er in sich hinein.

Eben graste die rote Kuh mit dem strotzenden Euter vorüber. Er strich ihr sanft über den Rücken.

»Woha!« Das gute Tier stand still. Dicht hinter ihr setzte er sich in die Hurke, zog eine Zitze zu sich her und melkte einige Spritzer in den weit geöffneten Mund, daß es strullte.

Im selben Augenblick – so war es vorher bestimmt im Laufe der Dinge – hob die Kuh ihren Schwanz, indem sie ihn, des größeren Nachdruckes wegen, zugleich schraubenförmig verkrümmte; nicht ohne warmen Erfolg.

»Hahaha, dat is di jüst recht!« lachte und rief wer von seitwärts herüber. Oben in einer hainbuchenen Hucht saß die Gretliesche und sah zu mit Vergnügen.

»'Ole Ape!« war alles, was Hinnerk drauf sagte.

Vermittels eines Grasbüschels, ohne sich sehr zu erregen, brachte er die Sache bald wieder, sozusagen, ins reine.

Und nun ging's an die Kartoffeln. Sie schmeckten ihm trefflich; auch mußte er sich schneuzen mitunter, auf natürliche Art; daher wurde er um Mund und Nase schön schwarz übermusselt.

Jetzt aber fiel ihm was Wichtiges ein. Aus dem Murk, dem heimlichen Versteck unter der Rasenbank, entnahm er ein absonderlich merkwürdiges Schießeding; einen ausgehöhlten Ast, mit Draht umflochten, seitlich mit Zündloch versehen. Eine Tute voll Pulver, das er beim Krämer gegen Eier sich eingetauscht – er wußte die verborgensten Hühnernester – kam gleichfalls zum Vorschein. Kräftig wurde geladen, und mächtig war der Knall.

Das schüchterne Reh, das kurz vorher aus dem Wald in die Wiese getreten, entfloh in Eile. Angelockt durch den Schuß dagegen wurden drei andere Hütejungens: Kord, Krischan und Dierk.

Zum zweiten Male ward das Geschütz geladen, zum zweiten Male ballerte weithin das Echo im Walde entlang.

Hiernach setzten sich die vier behaglich ans Feuer, alle schwarz um die Mäuler.

Krischan besaß einen richtigen Tonpfeifenstummel, gefüllt mit echtem Bauernkanaster, den er direkt, doch unter der Hand, von seinem Alten bezog. Jeder, der Reihe nach, tat einen tüchtigen Zug daraus.

Kord danach gab einen saftigen weinsauren Apfel zum besten. Jeder, der Reihe nach, tat einen tüchtigen Biß hinein.

Dierk aber führte bei sich einen knorrigen Eichenstock, dessen Griff ein menschliches Antlitz vorstellte, von Dierk selber geschnitzt. Der Knittel, zur Besichtigung, ging gleichfalls reihrund. Besonders genau sah Krischan das Bildnis sich an.

»Dönnerslag«, rief er, »dat is jo de Köster. Ehrgistern hat he mi hauet, un vandage deit mi de Lenne noch weih!«

Und ehe Dierk es verhindern konnte, brach Krischan den künstlichen Stock vor dem Knie ab und übergab ihn den Flammen.

»Hurra!« jubelten die Jungens, tanzten ums Feuer, häuften grüne Ellernzweige darauf und erzeugten so einen großen herrlichen Dampf, der als duftiger Schleier die Gegend umhüllte.

Die Sonne ging unter. Vom Dorfe her tönte die Abendglocke.

»Et is Tiet«, mahnte Hinnerk, »de Bäklocke lutt.«

Jeder eilte zu seinen Kühen, um sie am Strick nach Hause zu geleiten.

Angenehme Gerüche, die Vorboten des Abendessens, wehten ihnen entgegen und erregten die Gemüter zu Jauchzen und Gesang.

Küster Bokelmann, die lange Pfeife im Munde, führte an seiner Gartenpforte mit Verwalter Klütke ein gemütliches Dämmergespräch.

»Es gibt ander Wetter«, sprach er, »die Kuhjungens schreien heut so im Felde.«

»Ganz recht, Herr Kanter; vor der Sonne stand eine verdächtige Wolke«, stimmte Klütke ihm bei.

Indem kam Lina gesprungen.

»Papa«, rief sie schon von weitem, »der Pfannkuchen wartet. Ei sieh da, Herr Verwalter, wollen Sie nicht mitessen bei uns?«

»Wer könnte einer Einladung von solch reizender Seite widerstehen?« erwiderte Klütke, verbindlich den Schnurrbart streichend.

»Dat di de Düwel wat backet!« knurrte Hinnerk, der gerade vorüberzog, mit einem grimmigen Seitenblick.

Als er den elterlichen Hof erreichte, strich schon leise miauend die Katze an ihm hin. Dankbar nahm sie ihre fünf kleinen Mäuse in Empfang.

An der Tür stand die Großmutter, ihren Liebling erwartend.

»Minsche, wo swart sühst e ut!« rief sie bei seinem Anblick erschrocken.

Eilig führte sie ihn in den Hintergrund des Hauses, wo das Küchengerät stand, rieb ihm Kopf und Gesicht mit dem feuchten, geschmeidig fettigen Schüsseltuch und trocknete ihn ab mit der Schürze.

In der Döntze baumelte bereits der brennende Trankrüsel an dem verstellbaren Haken. Auf der Tischplatte lag ein Haufen dampfender Kartoffeln; daneben, auf rundem Brett, stand das köstliche Pannenstippelse, bereitet aus geglühtem Rüböl und gebratenen Zwiebeln. Vater und Mutter tunkten schon ein. Hinnerk nahm dicht bei der Großmutter Platz. Sie pellte ihm sauber die schönsten Kartoffeln ab. Zwei verzehrte er, nicht eben geschwind. Dann klappte er entschieden sein Messer zu.

»Wo vele hast e denn all bipacket in der Wisch?« fragte sorglich die Großmutter.

»En stücker twölwe, mehr nich«, erwiderte er gähnend.

Die Großmutter befühlte ihm den Leib.

»No«, meinte sie beruhigt, »denn konnste wol faste liggen düsse Nacht.«

Das tat er denn auch.

Überhaupt, seine Herzenssorgen waren nicht so bedrückend, daß sie ihm jemals die nächtliche Ruhe störten; selbst dann nicht, als drei Monate nachher Verwalter Klütke, der ein kleines Gütchen gepachtet hatte, sich mit der schönen Lina vermählte.

Und so geht's zu in dieser neckischen Welt: zehn Jahre später hat die Gretliesche ihren Hinnerk doch noch gekriegt.